海山

谷口智行

邑書林

海山　目次

海山

うみやま

一鶫一声

平成三十年四月〜令和元年

もの言はぬ海に御慶を申すなり

那智滝は長き幣（みてぐら）お元日

じんるいとけものは同祖星新し

初旅や山遠のけば田のひらけ

梅林をゆく幻聴のある人と

涅槃図に看取りの医(くすし)をらざりき

蝶すだく骸は貂か獺か

対岸の菜畑へ通ふだけの橋

母に呼ばれてぶらんこをねぢり捨つ

雉鳴けり山の日暮はさびしくて

裏山のこいつもクマノザクラとは

海越ゆる人の目となる油まじ

花よりも土のにほへり花菜畑

夏めくや隠れ礁が波を生み

鰹来るころ海境のすみれいろ

六月は淋しブラックチョコレート

ボトル棚その隅っこの蝮酒

友だちのふりして水鉄砲を打つ

蜈蚣打ちするゐ人生にへこたれる

日ある日もなき日も掛くる葭簀かな

一鵜一声熊野灘動き出す

蟇を殺めし子のちんぽこに痣子(ほろし)

えへらえへらとビールグラスをまた倒す

緑蔭の木椅子に寝釈迦寝の女

山暮れて海に日のある蕣かな

荷物置場に荷物の顔の帰省客

八月九日

暮石忌の波崩るるが不意に聞こゆ

駱駝色なす盆荒の河口かな

十六歳

別寮に花火打ち込み退学す

秋麗の神坐すあの木この木かな

犬も来て掛稲はづしゐるところ

豊の秋山墓どこからも見える

錆びつける少年の箝秋日濃し

あらこんなところに月の法隆寺

探されもせぬ雑踏にゐて子規忌

せつせつと後の彼岸の扱葉搔く

鳥渡るいつになく海かがやく日

穭穂の天を指したるまま鋤かる

罠一つ掛けまひるまの虫しぐれ

霜降の浜の白石拾ひけり

しけてきたねと甘干を取り入れる

くれあきの窮鳥のこゑかとおもふ

揚げられて甚兵衛鮫のまぶしき死

冬蜂に蜜の記憶のありやなしや

ししむらの医の穢を流すクリスマス

大もめにもめ猪の肉分け合ふ

火事跡の布団だみだみ水ふふむ

梵(ぼん)唄(ばい)のやうな波音冬の月

山桜

令和二年

木々の秀は神の依代むつび月

初電話天麩羅揚ぐる音聞こゆ

ほいこれと寒の俵子放りくる
うらがへすときうすらひの割れにけり

旧正の女こくこくマッコリ飲む

屋敷神椿の森の惣(つつ)闇(やみ)の

仲良しになる桜貝見せあうて

沖つ波辺つ波雁の別れかな

山荒れてゐて下生えの樒咲く

手の窪のかゆき蛙の目借時

山桜人家と同じ数咲けり

春窮や医師も患者も熊野びと

青嵐の夜半小いとゞを書けとこそ

平松小いとゞは熊野の夭折俳人。

看取り終へ名もなき滝に立ち寄りぬ

孑孒の甕に出目金入れてやる

かたばみはみちくさの花ともだちの花

蛍とぶ夜川に米を研ぎゐたり

祭の子祭神の名を三つ言ふ

鯨かと指すは西日のいくり波

黒潮も入道雲も流れけり

ひとうねりへだて海鵜の浮かび来る

山滴るかつて村埋め人を埋め

帰省の兄とふるさとびとの弟と

父祖はるか姓（かばね）なき代のねぶの花

秋の波沖のしづけさ運びくる

暮石忌の鬼ヶ城とは去り難な

盆肴とて猪肉を解凍す

それぞれの一等席で西瓜食ぶ

椿象ぞ閨房の玻璃敲けるは

十月伊勢海老漁解禁、漁師曰く

わいらには月夜休みといふがあり

菊の花束きつくないやうに括る

懸巣鳴く木雫繁きところ

共喰ひの果は干死(ひじに)のちちろ虫

深吉野は山霧を懸けつらねをり

雁瘡を剝く抜露地のをぐらきに

天穹は大き鳥籠冬隣

茨木和生先生　四句

うつくしき秋の平群に師のいます

和生来よ夏山(なつさ)の秋の海を見に

夏山は和歌山県太地町の温泉地。
茨木和生夫妻が新婚旅行で訪れた。

一陽来復真鳥となりて癒えよかし

日の霜に大和平群のかがよへる

もんぺ干しゐたるとみれば鱓（うつぼ）なる

路地裏に厨（ちゅう）芥（かい）溢れゐて寒し

けぶりをり武器庫のごとき冬の滝

人なぐるしぐさに猟犬を叱る

贄とせりゐのししの舌切り取りて

まつろはず群れず娶らず注連飾る

波の音

令和三年

みんなみの郡（こほり）の暮し日の始

ズブロッカにて残肴の田作食ぶ

丹の字とは鳥居のかたち初恵比寿

血の道によろしと寒の鹿食はす

ゆりおこすやうに摘みたる蕗のたう

鯨骨の流れ着きたる涅槃かな

匙で海胆刮（こそ）ぎ洗面器に浮かす

よべ人の逝きし北窓ひらきけり

肥後守(ひごのかみ)もて弟と蛙割く

をのこをみなご分ちがたきの入園す

春雷のただよふごとく遠ざかる

とことはにうしほにけぶる紀のさくら

滝壺の芥にまぎれ落し角

水盤にあまごの疑似餌沈めけり

鰹来る暮石和生の見し沖に

山雀のこゑ医書俳書医書俳書

水盗む紐帯（ちうたい）濃ゆき村なれど
谷蟆（たにぐく）のくくみ鳴く闇地霊とは

谷蟆の疣ぞ瘴気を発するは
いちまいの田にいつぱいの田植の子

六月七日　「白紙忌」は平松小いとゞの忌日　三句

白紙忌や荒れまどひせる波の音

白紙忌の海に麦藁蛸を釣る

ひたぶるに白紙忌の戯れごころかな

裸子を裸の祖父が連れ歩く

アロハ着て醤油密造してゐたる

揚げ船の艫に掛けある夏蒲団

あいまいな鳰の浮巣を指しにけり

出で征きし鄙の宮居や草ひばり

昼も夜もあけつぴろげの鰯雲

鰡と蛸ひと日をかけて釣りたるは

お医者さん役が秋草調じをり

ひこひことひかる田ごとの落し水

コロナ禍　四句

稲刈る日ずらし切なきことを言ふ

かなかなも終息の呪（じゅ）をとなへをり

こころなぐやと即席のばつたんこ

鹿鳴いてゐる山の星海の星

ブランデーかけ氷結のいちじく食ぶ

台風接近町内放送ざりざりす

身ほとりに海ある暮し菊膾

猪罠をかけねもころにふり返る

太古より変はらず冬滝のくびれ

山巓にとどく波音枯櫟

凩やほろびのきはの波がしら

潜水衣干す箱植ゑの葱の辺に

落胤の末葉あまた熊野凍つ

遺品なり猪肉詰めし冷凍庫

鋳つぶせり撃ちたる猪の弾抜いて

日のひかり月のひかりを冬田面（ふゆたのも）

白息に蝕尽の月隠れけり

冬霧の音するやうに流れゆく

焼けちぢむものを見つめて年忘

ところてん

令和四年

初日出づ潮ふくらむきはみより

独楽廻す雁皮の鞭を打ちすゑて

寒紅の終生つきつぱなしの嘘

出漁は一分ちがひ春曙

対岸の風の草生はすでにきさらぎ

ひじき蜑海のうねりをくねりといふ

一湾にたつたひとつの桜貝

胡沙（こさ）来たり柄振に均す田の面にも

春夜また自死ほのめかすねむた声

ものがたりの終りのごとく春田打つ

荒鋤の田居のしづけさ山桜
どこまでも歩くぶらんこ乗りすてて

夏立つや港一つに海一つ

棄舟は五月の森をただよふか

卯の花や嫁のもんぺを買ひにゆく

田頭（でんとう）に寄り合うてゐる蛇日和

解禁の末だし鮑呉れにけり

父祖の地に従兄が一人橡の花

ジャスミン群生天磐盾のほとり

山滴る霊もマグマも噴き尽くし

万緑の中ちんまりと発電所

串本へひみつのところてん買ひに

お互ひの見ゆるところに昼寝せり

泡盛を持ち込みひとの家で酌む

フェンネルや地図に健次の路地なくて

いちにちの田植の爪を洗ひけり

法隆寺裏に鵤の羽ひろふ

人(ひと)数は肛門の数夏の海

蒟蒻の花懐かしき友のごとし

灯台に弾痕あると見れば蟬

田の水を捌きし石の灼けゐたり

蜱哀れ己が死場所に喰ひ込んで

白靴のなか海の砂山の砂

注連縄の材にせむとて青田刈る

雲に雨孕みそめたる御祓かな

乞巧奠記紀の山河に囲まれて

鷹柱とは天心を支へざる

西瓜畑のどこかに十四歳のぼく

虫しぐれ太平洋の真闇より

草市やどれほどの死に遅れゆく

蔓荊の実を看護師に嗅がせやる

間引かれてより間引菜の名をもらふ

稔田を風の揉み上ぐ平群谷

秋の日は人なつつこき山羊のごとし

母病めば爛れ無花果捥ぎにゆく

紀勢本線雁来紅のこぼれ生え

鳥取部（ととりべ）の裔柿の実に漁網張る

風花や魚の荷ほどく販売車

しだら歌冬をともせる山家より

死後処置の物品軽し暮早し

障子閉めエンゼルケアを始めけり

福知山市大原　三句

防護衣を脱ぎ冬ざれの産屋へと

霜けぶる鶴が産屋を立つやうに
それぞれがわたくしごとを雪の窓

焼場への案内板に氷柱垂る

その夜どの森のどの木も聖樹なり

川底は鉱毒のいろ雪もよひ

年籠休耕の田に遠からず

平群まで

令和五年

灘沖に風の出てゐる淑気かな

すぐ親にわたす年玉などやるか

初うらら波をえらびて波ふんで

二の午の神職役は宮大工

肥壺はどのへんだつけ木の根明く

いつせいに那智歯朶萌ゆる牛鬼の碑

牛鬼(ぎうき)は海岸に現れる妖怪。老椿の根とも、神の化身とも。熊野では、夜賊避けの碑と伝えられている。

花種を蒔くやごとびき岩仰ぎ

軒隅に鋤簾を吊す朧かな

春灯をもの言ふくちびるとおもふ

雨後の田に燕ひらめき来たりけり

地のいぶき耕人の股吹き上ぐる

平群まで一本の道山桜

ひむがしの海は常闇仏生会

にんにくの分球ひとつもて酌めり

川底の黝ずんでゐる立夏かな

早苗饗にあまくかなしく山羊鳴くよ

このくらゐの日差がよろし桑いちご

草矢打つ木霊塔を的にして

海の虹より一禽の生まれけり

白玉を食うてねむたきときねむる

檻罠の赤錆しるき樹雨かな

糠蚊とぶ健次の路地のしづけさに

宵立ちの烏賊釣船のぽと灯る

わが知らぬ町の祭の笛太鼓

ほのぼのと引きとめられて茄子買ふ

山のもの海へと返す夏の川

新宮灼く弥生の遺構埋め戻し

余り苗ひそひそ話してゐたる

帰省子に草木がものを言ひはじむ

内臓のイラスト描いて夏休

二日賭事三日鮎掛二日寝る

けふの日もある日のことに青鬼灯

亡弟三十三回忌　五句

若くを子を亡くせし母よ鳳仙花

もとあらの萩分け逝きし子をさがす

夜の長し死者は褒められ叱られて
よその人うちのこととして盂蘭盆会

こころにもほむらたたせて秋灯

枕木を打つ音月の紀勢線

草の花供へなにをか祀りゐる

暮石忌の新宮駅で水を買ふ

新(にひ)稲(しね)や日のある雨の伊勢平野

せきれいを先に渡して流れ橋

日の当たる縁に生身魂を移す

十月二日　道詮忌　二句

秋霖にものの果てゆく音すなり

道詮律師は、法隆寺夢殿を再興した平安前期の僧で、
松瀬青々が道詮忌を修し、忌日季語として提唱した。

道詮もどんぐりに足辷らせしか

陰石の割目は魚道菊の雨

鬼ヶ城　五句

鬼の国の秋風きれい吹かれけり

礁よりずるりと剝がれ秋の潮

鬼打ちし矢が秋潮にただよへる

滑落の人は鬼らし暮の秋

火恋し砂こぼしつぐ海蝕洞

詩を作るやうに木の実を並べをり

かんぱちを少しく焦がし新酒酌む

星の入東風消え消えの漁りの火

納屋の灯の紐さぐりゐる夜寒かな

猟犬と旅の女のすでに親し

綿虫のどれも西方浄土へと

セロリ棒貸してごらんと翳らるる

けものにもしるき腋臭ぬた場冴ゆ

いのち引き抜く厳冬の大地より

海づらにささやくやうな冬の雨

御手洗の白布穢れぬまま凍る

ざうざうと山鳴る夜の注連を綯ふ

海山畢

あとがき

句集『海山(うみやま)』は、『藁嫃(わらかか)』『媚薬(びやく)』『星糞(ほしくそ)』につづく第四句集である。平成三十年四月から令和五年までの約六年間の作品から自選した。

句集名「海山」は、風物や暮しの象徴としての海と山ではない。しみじみとひたすらに〈意味〉を消したかったまでである。

本句集を編むにあたり、茨木和生名誉主宰はじめ、日頃からお世話になっている皆様に感謝申し上げる。

令和六年五月三十日

谷口智行

谷口智行著書目録

第一句集『藁嬶』（二〇〇四年　邑書林）

第二句集『媚薬』（二〇〇七年　邑書林）

共著『鑑賞 女性俳句の世界 第五巻』「独自の美的世界 山本洋子」執筆（二〇〇八年　角川学芸出版）

エッセイ集『日の乱舞 物語の闇』（二〇一〇年　邑書林）

共著『俳コレ』「紀のわたつみのやまつみの」百句（高山れおな撰）収載（二〇一一年　邑書林）

エッセイ集『熊野、魂の系譜　歌びとたちに描かれた熊野』（二〇一四年　書肆アルス）

評論集『熊野概論　熊野、魂の系譜II』（二〇一八年　書肆アルス）

第三句集『星糞』（二〇一九年　邑書林）

編著『平松小いとゞ全集』（二〇二〇年　邑書林）

随想集『窮鳥のこゑ　熊野、魂の系譜III』（二〇二一年　書肆アルス）

自註句集『谷口智行集　自註現代俳句シリーズ13期・8』（二〇二一年　公益社団法人俳人協会）

第四句集『海山』（二〇二四年　邑書林）

著者	たにぐちともゆき谷口智行
生年月日	1958/09/20 昭和三十三年九月二十日
所属	運河俳句会主宰兼編集長　里人
住所	三重県南牟婁郡御浜町阿田和六〇六六
郵便番号	519-5204
電話番号	05979-2-4391
E-mail	k4yw8bbr@ztv.ne.jp
書名	うみやま海山
印刷日	2024/07/06 令和六年七月六日
発行日	2024/07/16 令和六年七月十六日
発行所	ゆうしょりん邑書林
発行人	島田牙城
住所	兵庫県尼崎市武庫之荘一丁目十三番二十
郵便番号	661-0035
電話番号	06-6423-7819
E-mail	younohon@fancy.ocn.ne.jp
印刷兼製本所	モリモト印刷株式会社
用紙	株式会社三村洋紙店
頒価	10%税込 ¥2,200 二千円プラス税
書籍コード	ISBN978-4-89709-951-4